AF360129

M.ᵉ Stettiner Février
21 Mars 1881.
V

Vente des Lundi 21 et Mardi 22 Février

HOTEL DROUOT, SALLE N° 3

A DEUX HEURES

Après décès de M. EECKHOUT

ARTISTE-PEINTRE

ARMES ANCIENNES

Ivoires, Bronzes, Plaquettes
Objets de vitrine, Porcelaines, Faïences,
Costumes, Meubles

TABLEAUX

PAR

VICTOR ET J.-J. EECKHOUT

DESSINS, GRAVURES, PIÈCES DE L'ÉCOLE ANGLAISE
LITHOGRAPHIES

TABLEAUX ANCIENS

EXPOSITION PUBLIQUE

Le Dimanche 20 Février 1881, de une heure à cinq heures

Mᵉ G. COULON	M. CH. GEORGE
COMMISꞅᵉ-PRISEUR	EXPERT
Rue Lamartine, n° 20	Rue Laffitte, n° 12

PARIS — 1881

Vᵉ RENOU, MAULDE et COCK

IMPRIMEURS DE LA COMPAGNIE DES COMMISSAIRES-PRISEURS

Rue de Rivoli, 144

CATALOGUE

DES

ARMES ANCIENNES

Beau Fusil ayant appartenu au Grand Frédéric

ÉPÉES ITALIENNES, CASQUES, HALLEBARDES, PERTUISANES
POIGNARDS, FUSIL ARABE, ETC.

OBJETS DE VITRINE

Plaquettes en bronze, Ivoires, Bustes, Fers

PORCELAINES, FAIENCES, MEUBLES, COSTUMES

Tableaux par VICTOR et J.-J. EECKHOUT

GRAVURES, PIÈCES DE L'ÉCOLE ANGLAISE, LITHOGRAPHIES

BEAUX TABLEAUX ANCIENS

Provenant de la Galerie du duc de NOYA

VITRAUX, BEAU MEUBLE ITALIEN

Dont la vente aura lieu

Après décés de M. EECKHOUT, Artiste-Peintre

HOTEL DROUOT, SALLE N° 3

Les Lundi 21 et Mardi 22 Février 1881

A DEUX HEURES

Par le ministère de Me **GUSTAVE COULON**, Commissaire-Priseur,
rue Lamartine, 20,

Assisté de **M. CH. GEORGE**, Expert, rue Laffitte, 12.

EXPOSITION PUBLIQUE

Le Dimanche 20 Février 1881, de 1 heure à 5 heures

PARIS — 1881

D 5412

CONDITIONS DE LA VENTE

———

Elle aura lieu au comptant.

Les Adjudicataires paieront CINQ POUR CENT, en sus des enchères, applicables aux frais.

DÉSIGNATION

ARMES

1 — Très beau Fusil à pierre, offert au grand Frédéric par les États confédérés d'Allemagne, à l'occasion de son avènement au trône. On voit sur la crosse le profil du roi avec un trophée de chasse et le tablier maçonnique, ainsi que le n° 4, qui était le numéro d'ordre du cabinet d'armes, de Postdam, avant 1806.

Cette arme, d'un goût exquis d'ornementation et d'un travail de ciselure d'une rare perfection, porte la signature plusieurs fois répétée de « *Hoffmann, à Bayreuth, 1739* ». Le canon est couvert d'ornements ciselés en relief, se détachant sur un fond doré dans le tiers de sa longueur; le motif principal est une figure de Diane sur un piédestal et placée sous un dais. La batterie, la sous-garde, la plaque d'épaulement sont également en acier ciselé, d'une grande richesse d'ornementation à trophées d'armes, attributs de chasse, bustes de guerriers. La monture en bois est sculptée et incrustée de fines arabesques d'argent.

2 — Belle Épée italienne du xvi° siècle, à poignée ciselée, ayant pour ornement des coquilles de pèlerins, quillons droits, pas d'âne, garde, contre-garde et branches symétriques. Lame longue à quatre pans.

3 — Épée à garde repercée à jour, ainsi que la fusée et le pommeau, pas d'âne uni, quillons recourbés en sens contraire, Branche rejoignant le pommeau.

4 — Épée italienne, lame gravée au talon et portant cette devise : « *Recte faciendo neminem timeas.* » Pommeau à rainures ; quillons légèrement courbés ; pas d'âne et garde tordue en forme de nœud.

5 — Épée italienne du xvie siècle ; lame à gorges d'évidement, fusée en bois, poignée dorée, garde en forme de coquille, quillons recourbés horizontalement.

6 — Épée portugaise à double coquille repercée de trous en forme d'étoiles ; lame à six pans gravée au talon « *A. Revilaga.* »

7 — Casque en fer uni. Armet de guerre du milieu du xvie siècle ; timbre à crête et plumail ; mézail à deux fentes longitudinales. Ventail percé de trous en rosaces.

La mentonnière porte un colletin à deux lames mobiles, à têtes de clous en cuivre.

8 — Petit modèle d'Armure complète d'homme et de cheval, dans le style du xvie siècle, d'un bon travail.

9 — Arquebuse allemande à rouet et à pierre du commencement du xviie siècle. Le canon, à huit pans, porte le nom : « *Hans Stifter.* » Crosse en noyer ornée d'incrustations, sujets de chasse en ivoire gravé. Batterie en fer gravé.

10 — Petite Arbalète en noyer, ornée d'incrustations d'ivoire.

11 — Pistolet à pierre à deux canons tournants. Fabrication marocaine du siècle dernier.

12 — Hallebarde en fer gravé, à armoirie sur les deux côtés. Hampe garnie de velours.

13 — Hallebarde semblable à la précédente.

14 — Pertuisanc. Le fer est orné d'un soleil, au centre duquel est un double P; à droite et à gauche les lettres H. B. xviiie siècle.

15 — Pertuisane. Fer droit avec deux petits ailerons relevés vers la pointe, gravés à écusson, trophée d'armes et mascaron, xviie siècle.

16 — Pique ou Esponton d'infanterie à fer gravé des deux côtés à figures et forteresse : d'un côté, « 1re *compagnie; *de l'autre, *n*o 3. »

17 — Autre Pique analogue : d'un côté, *comp.* 10; de l'autre, *n*o 5.

18 — Esponton d'infanterie, en fer repercé, avec forteresse flanquée de deux lions.

19 — Esponton. Sur le fer une forteresse en relief; d'un côté : « St *Jacobi Regiment;* » de l'autre, « 4nt *compagnie.*

20 — Beau Fusil de chef arabe à long canon, couvert d'une riche ornementation en damasquine d'or.

21 — Fusil du xviie siècle, à silex, canon à pans dans le tiers de sa longueur, portant divers poinçons et fleurs de lys.

22 — Bouclier à rebord en torsade. Umbo terminé par une pointe quadrangulaire.

23 — Kriss malais à lame ondulée.

24 — Sabre turc.

25 — Ancien Fusil arabe.

26 — Petite Rondache trouvée à Alcazar (Maroc).

27 — Petit Tromblon.

28 — Deux petites Piques.

29 — Couvert : Fourchette et couteau à manches d'ivoire.

30 — Poignard en fonte.

31 — Armes du Soudan : arcs, flèches; carquois, instruments de musique.

32 — Épée Louis XIV avec poignée en argent repercé à jour.

33 — Un Cabasset.

34 — Un Morion.

35 — Un Morion.

36 — Un Casque à visière horizontale.

37 — Deux Gantelets.

38 — Deux Pistolets à rouet.

39 — Une Masse d'armes, la hampe recouverte d'une feuille en cuivre.

40-42 — Trois Poignards.

43-49 — Sept Épées.

50 — Une Poire à poudre en cuir du XVI° siècle et un Pommeau d'épée.

51 — Une Lance, une Pique, une Hallebarde.

52 — Deux Pistolets à rouet.

53 — Un Pistolet à rouet, gravé.

54 — Une Clef en fer forgé et une Poudrière.

OBJETS VARIÉS

55 — Un Bracelet avec cinq brillants et saphir.

55 *bis* — Beau Christ en ivoire sculpté, xviie siècle.

56 — Christ en ivoire sculpté de l'époque Louis XIV.

57 — Bois sculpté (Deux Divinités chinoises).

58 — Bois sculpté. Groupe de Chimères).

59 — Brûle-Parfums en émail de la Chine.

60 — Théière sur son pied, en émail de la Chine.

61 — Garniture de toilette : Pot à eau, Cuvette et Boîtes à savon en émail de la Chine.

62 — Quatre Plats ovales en cuivre repoussé.

63 — Deux Plats ronds en cuivre repoussé.

64 — Porte-Lumière en fer forgé.

65 — Petit Tambourin marocain.

66-67 — Quatre Plateaux en cuivre gravé.

68-73 — Douze Plaquettes en bronze du xvie et du xviie siècles, seront vendues par deux.

74 — Deux Plaquettes en étain (Vénus et Hélène).

75 — Deux Châtelaines acier, Wedgwood, et un Fer moir incrusté d'or.

76 — Sept Pièces : Seaux argent et cuivre, xve et xvie siècles, etc.

77 — Douze Boutons en améthyste.

78 — Vingt Boutons agate rouge.

79 — Quatorze Boutons agate.

80 — Dix-neuf Boutons porcelaine.

81 — Un Bourre-Pipe en argent et une petite Boîte
ivoire.

82 — Deux Étuis nacre et vernis Martin.

83 — Une Boîte ronde écaille, piquée d'or.

84 — Une Boîte ronde, vernis Martin, avec petite
miniature.

85 — Une Boîte Louis XV en écaille incrustée d'argent.

86 — Une Miniature (jeune Femme nue).

87 — Une Miniature, cadre sculpté.

88 — Une Miniature, cadre ivoire.

89 — Deux Cadres sculptés et un Cadre contenant une
Gouache.

90 — Un Bas-Relief en cire (Portrait).

91 — Un Bas-Relief en ivoire (Enfant).

92 — Ceinturon avec ses dix cartouchières, fermoir à
mascarons et ornements dorés du XVIe siècle.

93 — Ceinture en cuivre doré, XVIe siècle.

94 — Serrure de meuble.

95 — Un Rabot en fer et un Briquet.

96 — Deux Lampes en fer.

97 — Un Fer à repasser.

98 — Un Cadre incomplet.

99 — Deux Reliures parchemin, XVIe siècle.

100 — Deux Serrures.

101 — Onze Glands en ancienne soierie.

102 — Ancienne Râpe à tabac en ivoire.

103 — Une Statuette en bronze romain.

104 — Un Étui avec sifflet en argent.

105 — Une Clef en fer et un Cadre Louis XVI en bronze.

106 — Cinq petits Chandeliers en cuivre et étain.

107 — Trois Pièces cuivre : Bassin, Bénitier, Navette.

—

PORCELAINES ET FAIENCES

108 — Garniture de cinq pièces en ancienne porcelaine du Japon, trois Potiches et deux Cornets ; décor bleu et rouge.

109 — Groupe de deux Enfants en porcelaine de Saxe.

110 — Neptune, figurine sur terrasse rocaille, garnie de coquillages et de mousse, avec porcelaine de Franckenthal.

111 — Chelsea? Deux Figurines de jardinier.

112 — Deux Figurines : Berger et Pêcheuse.

113 — Deux Figurines de Turcs.

114 — Figurine de Bergère en ancienne porcelaine d'Allemagne.

115 — Deux Tasses et Soucoupes en Sèvres.

116 — Une Sonnette en Saxe.

117 — Une Figurine en Saxe.

118 — Deux Corbeilles en Saxe.

119 — Deux Poissons; en porcelaine de l'Inde.

120 — Soupière en porcelaine de Saxe, d'un riche décor d'oiseaux.

121 — Plat ovale en Saxe Marcolini; décor à fleurs.

122 — Grande Soupière à couvercle en ancienne porcelaine de l'Inde.

123 — Deux Appliques de mur, en forme de bras, en
porcelaine de la Chine.

124 — Plateau ovale en porcelaine de l'Inde, avec bordure ajourée en treillis.

125 — Deux Flambeaux en Saxe.

126 — Figurine (Dame en lecture), en Saxe.

127 — Un Cornet en ancienne faïence italienne, monté
en bronze.

128 — Deux Cornets en ancienne faïence italienne,
à personnages.

129 — Deux Vases en poterie du Maroc.

130 — Plusieurs Pièces en poterie marocaine.

131 — Castelli. Six petites Assiettes, décorées de divinités mythologiques, avec bordure composée
de cartouches et d'amours.

132 — Castelli. Trois Assiettes à sujets champêtres,
bordure à cartouches et amours.

133 — Deux Assiettes à paysages.

134 — Trois Assiettes, Amphitrite, Chasseur et Sujet
biblique.

MEUBLES

135 — Grand Lit portugais.

136 — Beau Cabinet en laque de Chine; décor à paysage
et kiosque; charnières, écoinçons et fermoirs
en cuivre gravé et doré. — Ce meuble repose
sur une table portugaise à pieds tors.

137 — Cabinet Louis XIII, à portes et tiroirs ornés d'incrustations d'ébène, médaillons à portraits sur fond d'ivoire.

138 — Pendule religieuse en écaille marquetée d'étain, époque Louis XIII.

139 — Pendule Louis XV en bronze et marqueterie.

140 — Petit Bureau en bois rose, corps supérieur à coulisseau. Ce meuble est garni de cuivre.

141 — Deux Escabeaux italiens, sculptés et marquetés.

142 — Une Chaise pliante en bois sculpté.

—

COSTUMES, ÉTOFFES

143 — Veste de femme juive en velours vert, brodé argent.

144 — Petit Kafetan d'enfant en damas de soie cerise, orné de broderies or et argent, et un gilet en drap bleu brodé.

145 — Trois Ceintures arabes.

146 — Kafetan de femme arabe, en soie à raie et broderies argent et or.

147 — Gilet de femme en velours rouge et broderies argent et or.

148 — Kafetan de jeune homme en damas, à dessins rouges sur fond jaune.

149 — Autre Kafetan en drap carmin.

150 — Kafetan d'homme en drap orange.

151 — Kafetan d'homme en drap vert.

152 — Kafetan d'homme en drap bleu.

153 — Manteau juif, de deuil, en poil de chameau et broderies.

154 — Veste de femme juive, en toile brodée.

155 — Kafetan en tulle brodé.

156 — Sous ce numéro, diverses pièces de costumes.

TABLEAUX

—

EECKHOUT (Victor)

157 — Une Juive de Tanger.

158 — Femme maure.

159 — Femme maure.

160 — Femme maure.

161 — Petit Garçon maure.

162 — Petite Fille maure.

163 — La Plage de Blankenberghe.

164 — La Diseuse d'histoires dans les Dunes de Blankenberghe.

165 — Pêcheuses de crevettes (Clair de lune).

166 — Léda. Grandeur nature.

167 — Le Bain de la petite sœur.

168 — Italiennes. grandeur nature.

169 — Les trois Grâces, d'après RUBENS.

170 — Parques, d'après RUBENS.

171 — Le Temps, d'après RUBENS.

172 — Trois Nymphes.

173 — La Joconde, d'après L. DE VINCI.

174 — La Fornarina, d'après RAPHAEL.

175 — Portrait de femme, d'après RAPHAEL.

176-177 — Deux Copies, d'après REMBRANDT.

178 — Une Copie, d'après RUBENS.

179 — Six Portraits, grandeur nature.

EECKHOUT (J.-J.)

D'APRÈS LES MAITRES ANCIENS

180 — La Leçon d'anatomie, d'après REMBRANDT,

181 — Jésus dans le Temple, d'après REMBRANDT.

182 — La Ronde de nuit, d'après REMBRANDT.

183 — La Belle aux cheveux d'or, d'après TITIEN.

184 — Le Couronnement de Marie de Médicis, d'après
RUBENS.

185 — La belle Jardinière, d'après RAPHAEL.

Les six Tableaux ci-après ont été achetés en Italie par M. Eeckhout en 1854, et proviennent de la galerie du duc de Noya, dans laquelle ils étaient ainsi catalogués :

RIBÉRA (JUSEPPE)

186 — Saint Jérôme.

SALVATOR-ROSA

187 — Le Retour de l'Enfant prodigue.

VACCARO (ANDREA)

188 — Sainte Agathe.

MASSIMO

189 — Sainte Apolline.

GUIDO-RENI

190 — Le Christ à la colonne.

MURILLO

191 — Saint François.

**Intéressante suite de huit Peintures de l'École allemande
du xvᵉ siècle**

192 — La Flagellation.
193 — Le Christ présenté au peuple.
194 — La Circoncision.
195 — Jésus portant sa croix.
196 — La Naissance de la Vierge.
197 — L'Ascension de Jésus-Christ.
198 — La Mort de la Vierge.
199 — Quatre Figures de Saintes.

TIEPOLO

200 — La Circoncision.

RAPHAEL (D'après)

201 — Figure allégorique, médaillon de forme ronde.

ÉCOLE NAPOLITAINE

202 — Jésus apparaissant à la Madeleine, sous la figure
d'un Jardinier.

ÉCOLE ITALIENNE

203 — Triptyque : la Vierge, l'Enfant Jésus et deux
Saints.

REGNAULT (Attribué à

204 — Gitana et Enfants (Esquisse).

NUYEN

205 — Naufrage.

206 — Le Berger. Sépia par Decamps.

107 — Une Aquarelle (l'Odalisque).

208 — Deux Cahiers de croquis, par Kobell.

LITHOGRAPPHIES D'HORACE VERNET

209 — Environ 30 Pièces seront vendues sous ce numéro.

210 — Vingt-cinq Lithographies, d'après A. Scheffer,
Deveria, Roqueplan, Overbeeck, Charlet, Bel-
langé, sous ce numéro.

ÉCOLE ANGLAISE

211 — Environ cinquante grandes pièces de l'Ecole
anglaise, suite de beaux portraits, d'après
Th. Lawrence, pièces à la manière noire et
autres, sous ce numéro.

212 — Les Enfants de Charles Ier, par Strauss, etc.

213 — La jeune Fille au puits. tableau par Hugues.

214 — La Prière, par Hugues.

215 — Promenade dans le parc, par Hugues.

216 — Procession de la Gargouille, attribuée à Cl. Boulanger.

217 — Philosophe en lecture, par Pinon.

218 — Charge de cuirassiers, par Th. Font.

219 — Revue de troupes, par Raffet.

220 — Intérieur de cabaret flamand, par Téniers père.

221 — Constantinople, par Marny.

222 — La Lecture à la ferme, par Drolling.

223 — Cheval au galop, attribué à A. de Dreux.

224 — Paysage, attribué à Français.

225 — Intérieur turc, d'après E. Delacroix.

226 — Deux Panneaux (Allégories des Saisons), par Franck et Breughel.

227 — Deux Natures mortes (Fleurs et Fruits), par Boilly.

228 — Deux jolies Scènes d'intérieur (Le Ménage et l'Abbé galant), par Eisen.

229 — Suite de quatre Tableaux (Sujets militaires), par Parrocel.

230 — Un Paysage (École flamande).

231 — Portrait de Guillaume de Clèves (École allemande).

232 — Portrait de femme (École française).

233 — Deux Pendants (Allégories). attribués à Coypel.

— 18 —

VITRAUX

234 — Un beau Vitrail dans le style du xv° siècle (Daphnis et Chloé).

235 — Une Fenêtre composée de huit panneaux (Ornements gravés).

236 — Quatre Panneaux à médaillons d'amours et ornements Louis XVI.

237 — Une Fenêtre à jolis médaillons peints, d'après Téniers, sur fond fleurdelisé, avec bordure à fruits.

MEUBLE ITALIEN

238 — Beau Meuble de milieu à quatre faces ornées de sujets de l'histoire romaine, exécutés en marqueterie de bois ; le pied et le couronnement sont ornés de sculptures à personnages, cariatides, etc. Travail italien.

239 — Six Assiettes décorées d'oiseaux en vieux Franckenthal.

240 — Deux Candélabres en cuivre.

Vᵉˢ Renou Maulde et Cock, imprˢ de la Compagnie des Commissaires-Priseurs
rue de Rivoli, 144.   15252

www.ingramcontent.com/pod-product-compliance
Lightning Source LLC
LaVergne TN
LVHW012154170726
843503LV00009B/4172